contemporanea

Una prima versione del racconto *Topiopì* è stata pubblicata nel 2006 all'interno della pubblicazione *Burkina-Tanzania. Attraverso l'obiettivo*, a cura di Paolo Panti.

www.ragazzimondadori.it

© 2016 Mondadori Libri S.p.A., Milano, per il testo e le illustrazioni
Prima edizione settembre 2016
Stampato presso ELCOGRAF S.p.A.
Via Mondadori, 15 - Verona
Printed in Italy
ISBN 978-88-04-66907-4

Andrea Camilleri

Topiopì

illustrato da
GIULIA ORECCHIA

MONDADORI

Questa non è una favola
ma una storia vera.

Quando ero piccolo
che ancora frequentavo le elementari
trascorrevo buona parte
delle vacanze estive
in campagna dai nonni.

Davanti alla nostra casa si apriva
un ampio cortile circondato
da alte mura che chiamavamo "baglio".

In questo cortile, oltre alla casa,
c'erano altre due costruzioni basse.
Una era la stalla e l'altra la "carrozzeria",
perché un tempo era stata la rimessa
delle carrozze.

Nella stalla abitavano una mula,
un cavallo e un asinello, e nella
carrozzeria, suddivisa all'interno
in tre zone, ci stavano un gallo,
una ventina di galline, altrettanti
conigli e due caprette.

Chicchii
richììì!

Beee

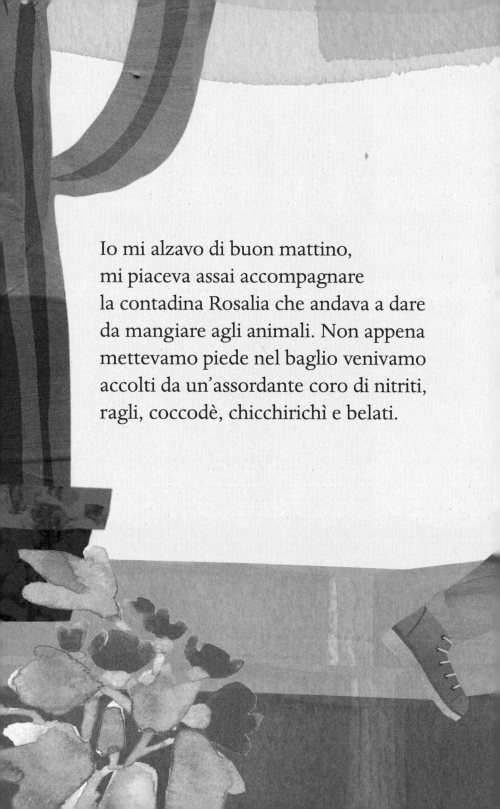

Io mi alzavo di buon mattino,
mi piaceva assai accompagnare
la contadina Rosalia che andava a dare
da mangiare agli animali. Non appena
mettevamo piede nel baglio venivamo
accolti da un'assordante coro di nitriti,
ragli, coccodè, chicchirichì e belati.

Una volta distribuito il pasto a tutti gli animali,
il coro si tramutava in un rumore misterioso
prodotto dalle mascelle del cavallo, dell'asino
e della mula che mangiavano la biada
come se fosse fatta da croste di pane,
dai becchi delle galline che ticchettavano
i chicchi di grano, dal ruminare profondo
e basso delle caprette.

Una mattina, appena dentro
la carrozzeria, mi colpì
un suono nuovo e diverso.

Cercai con lo sguardo e vidi in fondo
al pollaio una grossa cesta dagli alti bordi
dove si agitava una dozzina di pulcini
appena nati.

I pulcini se ne stavano tutti ammassati
in un lato della cesta e non smettevano
di saltare uno sull'altro stringendosi tra
loro sempre di più, fino a formare una
massa agitata bionda-giallastra
e pigolante dalla quale emergeva di tanto
in tanto qualche testolina e qualche
zampetta.

pio
pio
pio
pio
pio

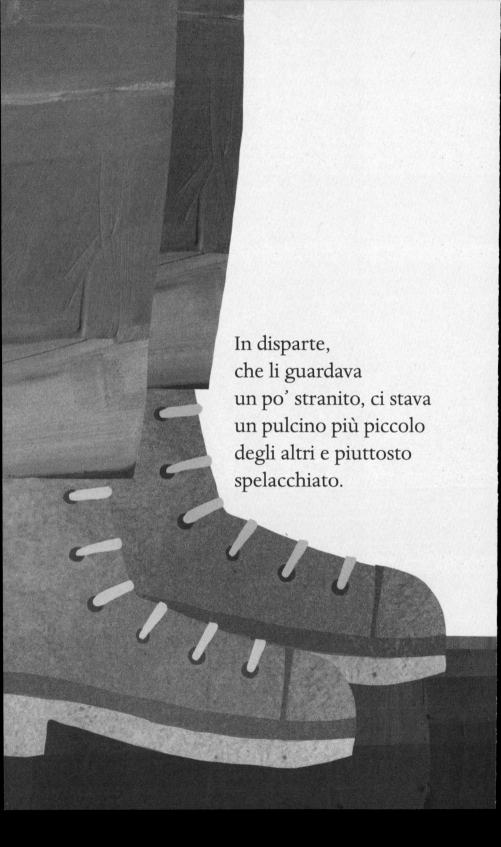

In disparte,
che li guardava
un po' stranito, ci stava
un pulcino più piccolo
degli altri e piuttosto
spelacchiato.

Forse era
cosciente della
sua debolezza
e non osava
entrare nel
mucchio.

Io mi avvicinai alla cesta
e mi ci inginocchiai accanto.

In quel momento il pulcino solitario
si voltò, mi vide, zampettò verso di me
e quando mi fu vicinissimo
mi guardò e fece:

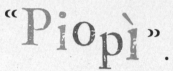 "Piopì".

Forse si era presentato?

Per il sì o per il no,
mi presentai anch'io:
«Piacere, mi chiamo Nenè».

A questo punto Piopì cercò di stendere
le alucce e cominciò a saltellare.
Compresi che voleva superare
il bordo della cesta e venire più vicino.

Allungai un braccio,
lo presi in mano,
lo posai per terra
davanti a me.

Ci guardammo
senza sapere
che altro dirci.

Proprio in quel momento Rosalia
mi disse che aveva terminato
il suo lavoro e che potevamo
andarcene. Mi alzai.

«A domani, Piopì» dissi.
Feci per andarmene.

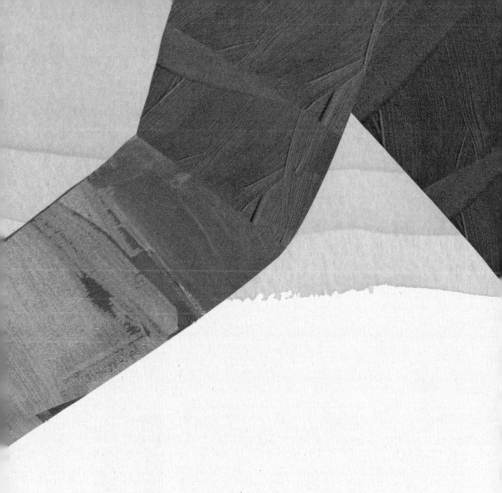

Subito dopo sentii qualcosa che urtava contro i miei calcagni. Era Piopì che mi seguiva da presso, accompagnandomi sino all'uscita. Mi seguì anche nel cortile.

Per entrare nel portone di casa bisognava salire due gradini. Io li salii, ma Piopì non ce la fece e si mise a gridare:

"Piopì, piopì!".

Facendomi chiaramente capire che voleva
che lo aiutassi a superare i gradini.

Lo presi in mano, andai in cucina
dove nonna trafficava ai fornelli.
«Nonna, questo pulcino mi si è
affezionato e non mi vuole lasciare.
Che devo fare?»
«Se vuoi lo puoi tenere. Ma bada
a trattarlo bene!» fece accondiscendente
nonna.

Lo portai nella mia
stanzetta. Lo lasciai lì
e chiusi la porta
per evitare che uscisse.

Andai a cercare un piccolo cestino,
un pezzo di tela per coprirlo, due lattine
vuote di tonno che riempii una d'acqua
e l'altra di mangime. Portai tutto
in camera e in un angolo preparai
la sua "cuccia".

Piopì si mostrò
subito soddisfatto
della sistemazione.

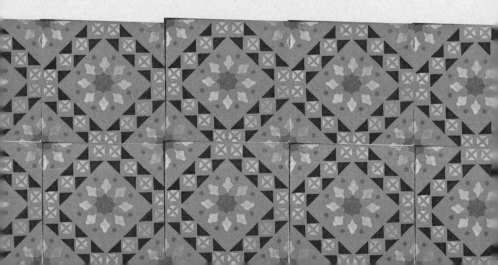

A quel tempo la luce elettrica non c'era
ancora in casa dei nonni. Quando faceva
buio si accendevano i lumi a petrolio
e i candelieri. Quella sera, appena fui
pronto per andarmi a coricare, nonna
mi accompagnò con il candeliere
nella mia stanzetta.

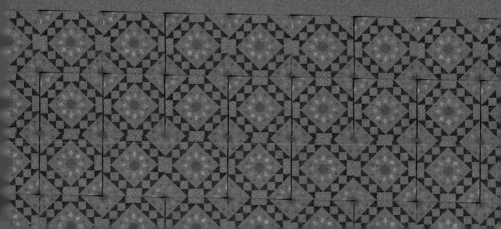

Piopì se ne stava dentro la cestina
e pareva addormentato. Mi spogliai,
mi misi a letto, nonna mi augurò
la buonanotte con un bacio in fronte
e se ne andò portandosi via il candeliere.

Io stavo per addormentarmi
quando nel buio profondo sentii
vicinissimo al letto:

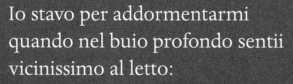

"Pì pì, pì pì".

Mi chinai, stesi un braccio,
le mie dita incontrarono le piume
morbide del pulcino, il quale,
fatto un saltino, si ritrovò
nel palmo della mia mano.

Capii che non voleva
soltanto condividere
la stanza con me,
ma anche il letto.

Lo tirai su, si accoccolò
sulla mia pancia e dopo
un po' mi accorsi che
si era addormentato.
Chiusi anch'io gli occhi,
sentendomi un poco
chioccia.

Da allora diventammo inseparabili.
Mi veniva appresso perfino nelle mie
scorribande campagnole, stentando
molto a starmi dietro se inseguivo
una lucertola o una biscia.

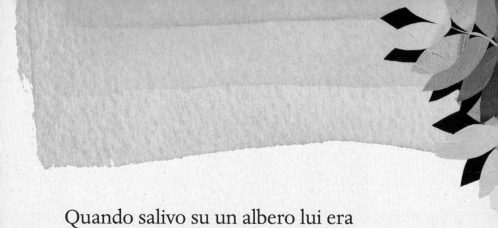

Quando salivo su un albero lui era
costretto a guardarmi dal basso e se ne
restava a pigolare in modo così addolorato
e inconsolabile che mi costringeva
a interrompere la mangiata di albicocche,
di gelsi o di ciliegie, e a scendere giù
per non farlo sentire solo.

Un pomeriggio mentre me ne stavo
a giocare nel baglio arrivò l'asinello,
sovraccarico di quattro grossissimi sacchi
che dovevano pesare molto. Il contadino
che lo seguiva si fermò a parlare
con mio zio Massimo.

Io mi avvicinai all'asinello che mi pareva
molto stanco e per confortarlo gli feci una
carezza sul muso. Fu allora che sentii un

«Piopìììììììììììììììì»

altissimo e straziante. Mi chinai a guardare.

Piopì si rotolava per terra pigolando
disperato nel vano tentativo di rimettersi
dritto; vano perché l'asinello,
inavvertitamente, gli aveva tranciato
di netto una zampina con lo zoccolo.

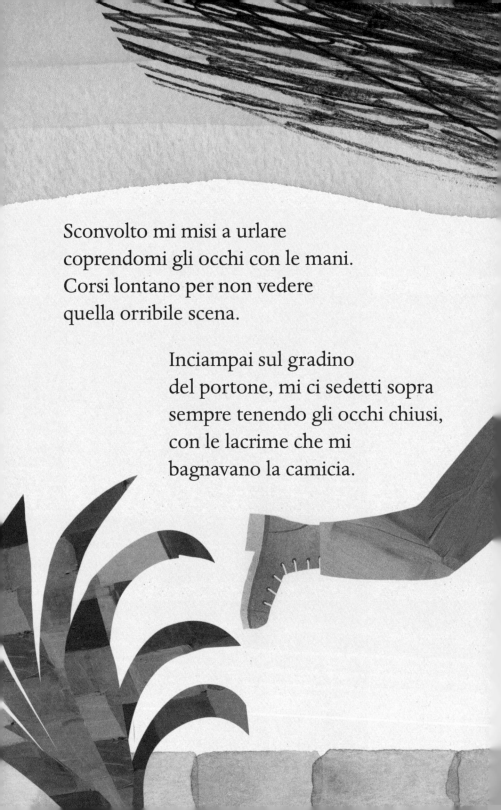

Sconvolto mi misi a urlare
coprendomi gli occhi con le mani.
Corsi lontano per non vedere
quella orribile scena.

Inciampai sul gradino
del portone, mi ci sedetti sopra
sempre tenendo gli occhi chiusi,
con le lacrime che mi
bagnavano la camicia.

Ero veramente disperato.

A un tratto sentii la voce di zio Massimo
che mi posava qualcosa sulle gambe.
«Accarezzalo. Calmalo.
Io torno tra cinque minuti.»
Allungai una mano tremante,
incontrai il corpicino di Piopì.
Era scosso da un tremito leggero
e continuo. Ripeteva un «Piopì»
senza sosta, ma appena
udibile. Presi ad accarezzarlo
dolcemente e sembrò essersi
un pochino calmato.

Non osavo né guardare né toccare
la zampetta ferita. Mille pensieri
mi passavano per la testa.
Come avrebbe fatto ora a seguirmi?
E come avrei fatto io senza
il mio Piopì? Arrivai
a pensare che forse
se mi fossi tagliato
una gamba…

Per fortuna arrivò lo zio Massimo
con in mano una cassetta degli attrezzi.
Lo zio, che da giovane aveva lavorato come
orefice, si armò di un seghetto, di un metro
da sarta, di una cannuccia sottile e resistente
e di un pezzetto di stoffa. Pulì la ferita
con un po' di alcool e poi mi disse:
«Mettilo pancia all'aria e non farlo muovere».

Misurò la zampetta sana, misurò il
moncherino rimasto, fece un rapido
calcolo mentale e segò la cannuccia.

Poi la prese e vi infilò dentro il moncherino
della zampetta di Piopì. Rimisurò le due
zampette: erano della stessa lunghezza.
Con la punta del suo coltello praticò due
piccoli fori nella parte alta della cannuccia,
vi infilò un filo di raffia, uno spago vegetale

e rimise il moncherino
dentro la cannuccia
legandola con la raffia
alla coscia di Piopì.

Passò molto tempo a rimboccare
un pezzetto di stoffa tra la cannuccia
e la zampa del pulcino per essere
sicuro che non gli facesse male.

Poi lo prese e lo posò per terra.

Piopì se ne restò per un momento
immobile, interrompendo perplesso
il suo pigolare lamentoso. Poi avanzò
lentamente la zampina artificiale,
vi poggiò sopra tutto il corpo e mise
avanti la zampetta buona. Aveva fatto
il primo passo. Pigolò un «piopì»
di soddisfazione e cominciò
a camminare sia pure un po' incerto
e sbilenco, sia un po' squilibrandosi
e riacquistando l'equilibrio con l'aiuto
delle alucce.

Due giorni dopo era tornato
a essere la mia ombra.
L'unica cosa a cambiare era stata
il suo nome.
Infatti da quando aveva subito
l'operazione, la sua zampetta di cannuccia
quando poggiava sul pavimento faceva
un suono leggero come tò-tò-tò.
E così io lo ribattezzai

TOPIOPì.

Era oramai trascorsa una settimana dall'incidente e tutto pareva dimenticato, ma una mattina, appena svegli, avevo posato Topiopì per terra, quando il pulcino cadde su un fianco mettendosi a pigolare il suo «piopìììì»

tra il lamentoso e il rabbioso.

Io lo presi, lo rimisi dritto,
e lui ricadde giù.

Allora capii che Topiopì era
cresciuto e la zampetta di cannuccia
era diventata troppo corta rispetto
alla zampina sana.
Zio Massimo intervenne subito
con la sua tecnica di alta precisione
chirurgica, adoperando una canna
leggermente più lunga e solida.
Questa volta il pulcino, forse
consapevole dell'operazione
che si sarebbe dovuta ripetere
via via che lui cresceva,
se la lasciò fare senza proteste.

Cosa che infatti
avvenne
puntualmente.

E lo zio, ogni dieci giorni, dovette
ripetere con pazienza la sostituzione
della zampetta, adoperando un tronco
di canna sempre più grosso e resistente,
via via che Topiopì cresceva.

Era diventato un pollo e,
come un adulto, non divise più
il letto con me, preferì andare
a dormire nella sua cesta.

Topiopì aveva perso il suo piumaggio
e stava mettendo su le penne, mentre
una cresta rosso fiamma gli svettava
sulla testa.
Io continuavo a chiedermi se sarebbe
diventato un galletto o una gallina.

Fu Topiopì stesso a darmi la risposta.

Infatti una mattina,
svegliandomi, mi salutò
con un risonante

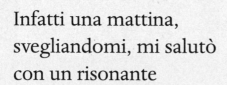

"Co-co-co
coccodè".

Io mi sentii riempire
di orgoglio.

Certamente ero l'unico bambino
al mondo ad avere come amica
una gallina con una gamba di legno.

DI7522349